La théorie du complot : la prophétie 2021

Kyriakoula Georgiades

La théorie du complot : la prophétie 2021

Essai

LE LYS BLEU
ÉDITIONS

ISBN : 979-10-377-2615-5

Avertissement

Le macronisme restera certainement comme une période tourmentée prise entre gilets jaunes et Covid-19. Être président de la République habituellement est déjà difficile car les techniques de communication alliées à la maturité politique que les individus ont acquis au cours des dernières décennies ne facilitent pas l'exercice d'un pouvoir très souvent controversé. Mais lorsqu'il s'agit de l'exercer dans une période troublée, le challenge reste entier et, naturellement, des erreurs sont commises.

Cet ouvrage se veut être un pamphlet à l'égard du pouvoir du président Macron, un contre-feu, un engagement volontaire contre un establishment établi qui, selon son auteure, a créé les conditions favorables à une crise sociale, économique et sanitaire. Une administration qui ne gère pas, qui ne fait qu'observer les dégâts sans en tirer d'actions à mettre en œuvre.

Est-ce là une théorie du complot ? Cette remise en question, soutenue par de nombreux politiques internationaux, est-elle dénuée de tout fondement ? S'interroger est-il hors de propos ? Autant de questions que soulève cet essai qui y apporte des réponses multiples.

Benoit Couzi
Éditeur

« Ce jour-là arriva alors que personne ne s'y attendait. Ou alors était-ce en tous les cas l'opinion publique.

Que venait faire là cette épidémie à laquelle personne n'était préparé ?

Certes, la crise économique était bien là, elle.

Depuis déjà trois longues années, depuis que le macronisme était au pouvoir, on ne pouvait nier que le macronisme avait entraîné la chute vertigineuse de l'économie française.

Ce système capitaliste était arrivé au point de devenir une dictature sans précédent.

Mais la France n'était pas la seule concernée par le désastre. Le désastre était répandu aux quatre coins du monde.

On parlait de scandale politique, de pendaison de la liberté des citoyens.

Depuis quand, monsieur le Président, est-il normal que la majeure partie de la population ne mange pas à sa faim ?

Vous avez été élu, quand bien même ce n'était pas une question de confiance, par un peuple qui maintenant meurt de faim dans les rues de Paris, sans compter le nord de la France qui est bafoué plus encore…

De quel droit ?

N'était-ce pas vous, monsieur le Président, qui parlait depuis des décennies de liberté, égalité et fraternité ?

Qu'en avez-vous fait ?

Vous avez créé un dépotoir français où les gens s'entretuaient avec les forces de l'ordre.

Vous avez créé la famine, vous avez créé des hôpitaux sans médecins et sans moyens, et vengeance ultime, vous avez supprimé la réforme des retraites considérée déjà par l'unanimité comme une déchéance du système gouvernemental.

Mais voyez-vous, arrive maintenant l'épidémie de la Chine. Elle ne les épargne pas et ne vous épargnera pas non plus, soyez-en certains.

Vous avez, avec leur aide, créé le virus du Covid dans le but de diminuer la population mondiale.

Vous êtes responsable de milliers de morts partout dans le monde. Votre cerveau fonctionne quand l'argent manque.

Vous manipulez les médias en prétextant sauver la France que vous avez-vous-même plongée dans le puits de l'épouvante.

Vous avez provoqué le déluge financier, attendez-vous une suite positive ? Vraiment ?

Vos idéologies sont réduites à des balivernes qui ne sont même pas capables d'assurer l'essor économique de son propre pays.

Vos chiffres sur le chômage sont falsifiés.

Vous avez fait vous-même des études, vous avez même rencontré votre femme en chemin sur le banc des écoliers.

On ne donnera pas notre avis là-dessus. C'est un peu l'histoire de la vache maigre.

Vos études vous ont servi à vous libérer sur le plan financier n'est-ce pas ?

Imaginez maintenant le même peuple dont vous êtes le leader (leader n'est pas le mot approprié car leader va avec charisme) qui ne sait plus étudier, dont les filles se prostituent dès leur plus jeune âge, qui ne sait plus manger, un peuple qui ramasse des raclées à toutes les manifestations, qui a les yeux arrachés à cause de la violence, des pompiers abattus, des chômeurs au bord du suicide, des retraités en dépression, comment donc réfréner ces individus qui croient encore en leur pays ?

Vous leur avez supprimé le rêve, et pas n'importe quel rêve ! Celui de vivre et d'exister !

Monsieur le Président, vous êtes arrivé à un point de non-retour et l'épidémie du Coronavirus va vous achever. Elle va aussi révéler toute la vérité sur votre place dans cette société.

Seul le peuple a appris à se relever. Car votre narcissisme, hélas, sera de courte durée.

Vous serez déchu de vos pouvoirs par la vérité tranchante du peuple que vous avez abattu. »

Telle est ma lettre au président. « Voyez-vous, monsieur le Président, le fait d'attendre les élections pour pouvoir décider de fermer les lieux de divertissements implique votre stratégie à gagner le vote et surtout à ne pas l'annuler surtout si celui-ci est falsifié.

Selon vos dires, la population n'y voit que du feu.

Cependant, vous vous méprenez sévèrement. Votre peuple ainsi que la grande majorité du peuple mondial n'est pas dupe.

Vous avez annulé les rassemblements qui doivent effectivement prendre une grande énergie de combativité.

Naturellement que ce virus que vous avez manipulé avec l'aide de la Chine vous arrange pour un état de vote favorable envers votre personne.

Ainsi que pour annuler le phénomène des gilets jaunes qui vous gêne vous et votre prétendue dictature que vous essayez de garder dans le temps.

Vos discours de solidarité sont juste un moyen de reprendre le contrôle sur le peuple pour vous réapproprier du pouvoir dans votre pays.

Mais les dégâts sont trop importants.

La chute vertigineuse dans laquelle vous avez entraîné votre populace ne vous épargnera pas.

Le docteur Éric Come prétend qu'il y a plusieurs cas de Coronavirus à ce jour non connus.

Les chiffres sont en perpétuelle hausse.

Ce qui signifie que les mesures sanitaires sont actuellement insuffisantes autant en France qu'ailleurs.

Pour une raison économique, les pays auront du sang sur les mains inévitablement.

Sont-ils inévitablement si incompétents ?

Pour raison économique uniquement ?

Les mesures doivent être drastiques ; or plaider en faveur économique sera ici un échec. »

Selon plusieurs sources, le président Macron est incompétent dans la propagation du virus en France.

Fermer les frontières n'est pas suffisant et les moyens amorcés dans cette crise sont également insuffisants.

Mais prenons un peu le temps de revoir l'enjeu de la liberté d'expression.

Selon toute loi liée à la liberté d'expression, la vérité c'est que celle-ci est bafouée par le dictatorial.

Le professeur Raoult nous donne son bilan de scientifique précis et exact mais vous essayez de l'abattre.

La vérité est que vous avez échoué dans votre mission de président.

Selon le professeur Deray, la crise sanitaire qui a lieu ne justifie pas la panique mondiale sanitaire et surtout économique.

Permettez-moi de douter de la panique économique mondiale, celle-ci est en train d'affecter les plus grandes puissances mondiales et cela a démarré par la Chine, avec votre aide.

Elle s'étend maintenant à l'Europe et continuera à s'étendre vers les États-Unis.

Sachant que la Russie a réussi pour l'instant à réfréner l'épidémie.

Le président Vladimir Poutine arrivera à créer un vaccin efficace et surtout se battra contre le monde pour tenter de rétablir la paix par la bataille intellectuelle.

La Russie deviendra en 2021 la première puissance mondiale.

L'épidémie sanitaire a été déclarée en Chine, là où se trouve le laboratoire de Wuhan.

Un hasard ? Sûrement pas.

La théorie de la corruption est de mise.

Sachant que les médias créent la panique, la crise sociale est en cours.

Cependant, la prolifération du virus engendre la crise économique qui n'est plus gérable par nos politiciens.

Nous avons la preuve que ce virus est un virus de guerre, ce n'est pas un hasard s'il a contaminé la Chine.

Il a été répandu de manière virale.

Ce que nous ne savons pas encore c'est le pays émetteur du virus.

Il pourrait s'agir d'un pays ennemi.

Ennemi de sa propre population.

L'OMS a bien déclaré la pandémie

C'est une grande première depuis la phase de la Première Guerre mondiale.

Les palaces boursiers sont en chute et le monde est confronté à la gravité des décisions économiques et politiques.

Pendant ce temps, le président américain Donald Trump parle de cette crise comme un populisme sanitaire.

Il ne parle pas de crise économique mais prétend que cela ne va atteindre que les individus en matière de santé.

Nous savons tous, étant donné notre logique implacable, que l'économie sera fortement atteinte et nous prendrons à nouveau les dires de Donald Trump comme des fake news. Ce ne seront pas les dernières.

Donald Trump craint simplement la chute du marché boursier, celle du pétrole, de l'import et de l'export, de l'aviation, de la trésorerie, etc.

Or, Donald Trump sera celui que les états ennemis essaieront de faire tomber après que celui-ci a découvert un trafic d'enfants dans les tunnels du Capitole.

Donald Trump a sauvé ces enfants de l'enfer, du satanisme républicain actuellement dirigé par Joe Bidden.

L'ampleur de la chute de l'Amérique est irrémédiable. Et non ce n'est pas une théorie conspirationniste.

Satan est mort. Et il fera chuter tous ses partisans.

De plus, l'ampleur de la politique budgétaire va s'avérer incontrôlable.

Le gouvernement doit faire en sorte que les chômeurs partiels ou complets ne soient pas pénalisés.

Le gouvernement va débloquer des fonds mais ce ne sera pas suffisant.

S'ensuivront des vagues de suicides à cause des tortionnaires.

Comment vont-ils survivre au plan massif des mesures du chômage par les mesures sociales obligatoires ?

Il s'avère que le plan corrosif de gagner toujours plus d'argent amène la population à sa perte en touchant la classe sociale privilégiée.

Comment ce manque de solidarité va permettre d'avancer au travers de la crise humanitaire européenne et mondiale ?

Sauver le système bancaire et le système budgétaire gouvernemental sera une illusion.

Le système bancaire va tomber. Le gouvernement va tomber.

Le problème de conjoncture actuelle va engendrer des licenciements et surtout sera une leçon efficace pour l'économie mondiale future.

Il y a un fait certain, le problème de solidarité va guider vers la sanction humanitaire.

Le virus du Coronavirus déterre un grand nombre de problèmes non résolus jusqu'ici.

Déjà même au niveau des médicaments dont la confection se fait en Chine et met en avant des hôpitaux non organisés pour les pandémies.

La preuve est que le gouvernement n'est pas préparé à ce genre de crise.

La maladie du Coronavirus va permettre au monde de se remettre en question et se rectifier grâce à la révolution intellectuelle 2021.

L'épidémie du Coronavirus va placer l'économie mondiale à genoux.

Peut-on prendre en même temps une décision sanitaire et politique ?

Certainement, mais cela fera mal à la politique.

Personne jusqu'ici n'est content de la manière dont leur État gère leur population.

La phase du complot n'est pas hors de cause, et l'homme comprend aussi qu'il ne peut rien contre la loi de la nature.

Nous pensons que le virus provient du monde animal.

Nous savons aussi que ce virus qui se transmet par les voies respiratoires est un virus qui voyage.

Personne n'a été immunisé contre ce nouveau virus, ce qui crée la pandémie.

Le virus qui est une chaîne de transmission aura surtout un impact économique comme nous l'avons vu plus tôt. Mais pas seulement.

Le virus est une excuse pour imposer une nouvelle dictature qui voudra faire tomber la liberté de tous les peuples. Ne négligeons pas que le Coronavirus a un impact sur les personnes de plus de 60 ans dans l'immense majorité des cas. Et sur les personnes qui ont une immunité pulmonaire défaillante.

Ce virus peut conduire à une pneumonie dans certains cas, si elle n'est pas soignée.

Il s'agit bien d'un virus tropical.

Nous savons que l'immunité se déclenche dès que nous sommes dans un lieu fermé en contact de plusieurs personnes.

Les symptômes respiratoires peuvent être assez dangereux.

Le vaccin va s'avérer excessivement dangereux.

Il sera créé pour modifier l'ADN.

La population sera pucée comme le sont les vaches à l'abattoir.

Cela entraînera un code QR pour se déplacer.

Allons-nous éviter le passeport vaccinal que la France veut imposer ?

Ce qui engendre donc cette panique mondiale.

Le peuple de moutons blancs est maintenant réveillé.

Nous savons aussi qu'il s'agit d'un krach boursier évident.

Nous savons que les États-Unis sont le premier producteur de pétrole.

La Russie est capable de mettre en danger les États-Unis du point de vue concurrentiel.

Et la Russie excellera par sa puissance en 2021. Les exportateurs de pétrole sont donc dans un enjeu concurrentiel important entre les Saoudiens et les Russes.

La guerre des prix est lancée.

La pénurie des masques survient à la suite d'un arrêt de production de masques, ce qui dénonce l'incohérence du gouvernement dans ses décisions sanitaires.

Les médecins sont eux aussi confrontés au risque d'attraper le virus.

Le professeur met en avant l'utilisation de la chloroquine et gagnera sa notoriété par son humble prestige pendant que Emmanuel Macron essayera de le faire tomber.

Le problème sanitaire n'a pas été géré comme il se devait. À cause du Macronisme.

Dans les hôpitaux, la surpopulation n'a même pas le droit ultime d'être soignée par manque de moyens.

L'industrie pharmaceutique se porte bien, mais il faut débloquer des budgets pour la recherche.

Comme dit Dieu Donné, qui aurait le courage de provoquer une guerre bactériologique ?

Les États-Unis ou l'Europe ? Ou la Chine même ?

Cela va aussi déferler sur le système bancaire, le tourisme et la culture.

Les banques sont avides d'argent mais les épargnants n'épargnent rien.

En quelques jours, votre épargne en banque peut s'écrouler. Du jour au lendemain.

Le bitcoin est l'avenir.

Que Vladimir Poutine fera tomber pour préserver le pouvoir de l'argent.

Même l'armée américaine l'utilisait pour sécuriser la communication.

Il est clair que la crise sanitaire profite au gouvernement français.

Mais cela ne durera pas.

La chute du gouvernement sera insupportable et impardonnable pour le macronisme.

Les mesures prises par l'État français ne sont pas assez drastiques.

Cette situation n'est pas apparue depuis 1929.

Avec 15 milliards de bénéfice sur les hôpitaux les années précédentes, Emmanuel Macron devra réinjecter les économies des dernières années qu'il a cependant placées ailleurs.

Emmanuel Macron a provoqué le violent incendie de notre Dame dans le but d'obtenir des fonds.

Oui, le chef d'État français est responsable de la perte de la France.

Les dépenses liées à l'administration sont liées aux dépenses publiques, ce sont les prestations qui requièrent un énorme budget.

Beaucoup de pays riches ont des dettes très élevées à l'instar de la Belgique, l'Allemagne, le Japon, et d'autres suivent de près.

Il est trop tôt pour relancer l'économie.

Il est prouvé qu'on ne pourra relancer l'économie avant 2024.

Les plus riches ne dépassent pas le chiffre de 5 % de riches.

La spéculation est actuellement en baisse.

Donald Trump lui a su prendre des mesures radicales, empêcher le passage aux frontières.

Donald Trump a su se battre pour la vérité et abattre les corrompus en masse.

À cause de ça, il ne sera pas immédiatement réélu mais marquera à jamais le cœur des Américains.

Il sera le président le plus aimé du siècle.

Son procès à la suite de l'explosion du Capitole lui permettra de gagner celui-ci mais aussi le respect du monde entier.

Il est clair que ses opposants ont voulu le faire chuter.

Quand Emmanuel Macron a attendu de prendre des mesures, la stratégie est simple, il s'agissait de réfréner les mesures économiques essentielles à prendre.

Les mesures d'austérité étaient prises dans le Sud.

Maintenant, l'Europe y est confrontée mais perdure déjà depuis 5 ans dans la corrosion budgétaire, le Coronavirus n'a fait que renforcer l'austérité.

Et la corruption tomba. Surtout en Europe.

La réforme des retraites qui aurait dû être évitée due à la crise sanitaire a été implémentée de force.

Des milliers de morts dans les maisons de retraite sont passés inaperçus.

Vous les avez tués ! Vous les avez froidement tués !

Cela est devenu le scandale du peuple, comme frapper sur un clou dans le but de l'enfoncer sans se poser des questions.

Les économistes ne font pas des miracles de nos jours, ils sont simplement en train d'affronter une situation incontrôlable.

La situation de certains dictateurs corrompus.

Les gilets jaunes dont les agriculteurs, les pompiers, les infirmiers, sont dans un combat de force et représentent la classe moyenne.

L'élite n'a pas sa place, malgré son narcissisme dans le combat de la classe moyenne ou pauvre.

La répartition des richesses se fait mal, d'où la crise qui conduit à l'appauvrissement de la population.

Le message qui va vers la majorité de la population est dénué de confiance.

Les gens comprennent qu'il n'y a plus de contrôle de la situation.

La solidarité dont Macron parle est un abus de confiance que 99 % des gens décernent.

Le résultat en est donc une confiance dissipée qui n'existe plus.

Emmanuel Macron ayant retiré les prestations essentielles, telles que le système médical et le système chômage, a accepté de diriger le système politique vers la dérive.

Qu'en est-il de la liberté d'expression ?

N'est-elle pas contrôlée par des médias dépendant des élites ?

Pourtant les gens sont conscients du malaise et s'expriment de plus en plus pour une révolution intégrale et obligatoire.

Est-ce que la liberté d'expression a des limites ?

Sachant que les opinions ne disparaissent pas quand l'expression est interdite.

Pour bien faire, il faudrait réintroduire l'opinion de manière non nocive du fait de l'éducation.

Si pas d'opinion, cela donnera libre cours au ressentiment.

2021 supprimera la censure de l'expression et commencera par les réseaux sociaux.

Limiter la liberté d'expression comme les pays s'acharnent à faire actuellement est dangereux pour le bien-être de la société.

La censure n'est pas la solution pour vivre dans un monde de bien-être au niveau de l'individu.

La liberté d'expression est considérée comme essentielle et sacrée.

En 2020, le Coronavirus a guidé le monde vers la faillite, pour une relance de l'économie à venir.

De quels moyens dispose l'Europe pour éviter la chute économique ?

La baisse du PIB entraîne la chute de l'Europe.

La crise de l'offre et la crise de la demande sont liées et font chuter l'économie mondiale.

La cause identifiée est la pandémie.

La France importe plus qu'elle n'exporte donc se place en danger au niveau de l'économie.

L'évolution de la pandémie va altérer les échanges de biens entre les pays.

La France est le pays où ont été faites le plus de restrictions budgétaires en quelques années.

En 2004, par manque de moyens, la recherche contre le Coronavirus a été stoppée.

À qui la faute de la restriction budgétaire ?

Le secteur bancaire est menacé d'effondrement.

Le problème de la mondialisation entraîne donc la chute des banques des autres pays par la même occasion.

L'Europe est obligée de se lancer dans un plan de relance.

C'est la seule stratégie possible.

L'Italie, l'Espagne, le Portugal et la Grèce ne peuvent réduire leur dette publique car sont en récession depuis quelques années, ce qui actuellement s'aggrave.

Comment éviter le système communiste que les dictateurs veulent nous imposer ?

Où est l'argent du peuple ?

Cela engendre une lucidité sur la réalité au niveau des valeurs.

Les gens ayant oublié le sens des vraies valeurs, dont la solidarité.

Il faut à partir de maintenant réinstaurer des règles sociales et environnementales solides au niveau des valeurs de l'humanité.

Ce qui n'a pas été fait jusqu'ici.

Au niveau du tourisme, l'incertitude des réservations et l'annulation des vols à travers le monde créent un grand choc économique.

La baisse de la croissance du PIB engendre l'augmentation de la pauvreté.

L'Europe est actuellement le pion majeur de sa faillite.

Et la nation la plus corrompue au monde.

L'engrenage dans lequel elle est tombée ne peut plus s'arrêter.

L'Australie chute de 9 % sur le marché financier.

Les fermetures de sites de production s'enchaînent. Ainsi que celle du secteur automobile.

Ce qui entraîne un chômage partiel ou complet dans plusieurs secteurs.

Même celui de la technologie.

À la suite de la chute de Donald Trump, les actions de Facebook et Twitter sont tombées.

Pour l'instant sont préservées l'industrie pharmaceutique ainsi que l'industrie alimentaire.

Les ventes au détail en Chine ont chuté de 20 %.

70 milliards d'euros sont injectés dans l'économie chinoise par le gouvernement pour sauver le désastre.

Le confinement ayant été nécessaire, et étant jugé comme toujours nécessaire en mars 2020, cette issue s'affiche comme la seule solution nécessaire.

Les risques du Coronavirus impliquent la fermeture des usines en Chine impliquant la fabrication des pièces automobiles.

La croissance de la Chine en matière d'exportations a baissé très fortement.

La Chine veut s'imposer comme première puissance mondiale mais la Russie fera échouer leur plan machiavélique qui a tué 30 % de la planète.

L'accord commercial entre la Chine et les États-Unis qui implique une augmentation de l'exportation des produits américains est peu solide.

Il a fallu deux ans pour arriver à un accord. Or les États-Unis exploitent la phase pour rapatrier l'activité sur le sol américain.

Les indices boursiers quant à eux évoluent dans le rouge.

L'estimation donnée par les experts se situe entre deux et trois mois.

Or il s'agira de plusieurs années de plan de sauvetage.

Le FMI sait que l'impact du Coronavirus sur l'Europe sera terrible en 2020.

Faut-il réinventer la forme de mondialisation actuelle ?

Cela semble logique aux yeux des experts financiers.

Si la crise touche l'Inde, elle pourrait s'annoncer de mauvais augure sur le plan mondial.

Le choc transitoire, selon sa durée, pourra dérégler la planète.

La quarantaine et le confinement seront le seul contrôle de la pandémie.

Le confinement va durer plus d'un an et s'avérera inutile.

Le virus ne tue pas. Le virus se soigne avec la chloroquine.

Sachons-le cependant, la liberté d'expression en Chine est limitée dans le but de contrôler les médias pour garder le contrôle du pays.

Le plan de la France pour bafouer la liberté d'expression ne fonctionnera pas.

Le tourisme et le trafic aérien affichent une baisse de 40 % au niveau de la Chine.

Et de 80 % dans le monde.

Le 1er pays qui ouvrira ses vols à l'Angleterre en mars 2021 sera la Chypre. Les 80 % impacteront grandement le tourisme en Europe.

L'Inde risque une propagation importante sur le plan sanitaire par rapport au reste du monde également.

Si l'Inde est touchée, on pourra alors parler de déchéance mondiale autant au niveau économique que bactériologique.

Si 2/3 des habitants de la terre, ce qui est initialement prévu, attrapent le virus, nous savons que cela les aura immunisés.

Ce qui n'est pas négatif mais plutôt constructif.

Nous avons tout de même été étonnés des mesures de confinement prises par Emmanuel Macron alors qu'il ne le mentionne pas tel quel.

Nous finirons par comprendre qu'il veut imposer sa dictature par tous les moyens.

Cela est communiqué de cette façon dans le but de contourner la peur et la panique.

Il y a deux états d'esprit existants :

L'individu qui prend le Coronavirus au sérieux et qui fait attention aux mesures de contamination.

L'individu qui ne prend pas le Coronavirus de manière aggravée et qui se met en danger lui et sa famille.

Sachons nous rendre compte qu'il s'agit ici d'un simple virus que nous savons facilement soigner selon nos médecins et scientifiques.

Pas besoin de vaccins, ni de puçage pour être traqué par le gouvernement ou de passeport vaccinal.

Il y a eu un déficit énorme d'informations à la base lorsque la Chine a été affectée.

Maintenant, il s'est avéré que les grandes puissances sont à l'origine des dégâts engendrés, dont la France et la Chine.

Nous savons que les sociétés sont majoritairement corrompues par leurs actionnaires.

Le processus industriel est stoppé mais la communication d'entreprise ne se fait pas.

La Chine avait stoppé l'acheminement des matières premières (gaz ou pétrole) ce qui ouvrait la porte à la concurrence.

Il est connu que 70 % des matières premières sont fournis par la Chine.

La crise du Coronavirus a été gérée en France avec une grande incompétence selon certains experts économiques.

La crise économique gérée a la base depuis le macronisme, a été traitée avec beaucoup de mépris.

Il a tourné en dérision les décisions de la Chine. Car selon lui, le virus n'a pas de frontières, ce qui n'empêche pas qu'il n'ait pas fermé les frontières assez tôt.

Sans compter la production de masques qui a été brutalement arrêtée il y a plusieurs années.

Sachons-le, les Français autant que les Italiens n'étaient aucunement préparés à la crise bactériologique.

Leurs chiffres sont erronés étant donné les statistiques qui sont impossibles à déterminer d'après déjà le nombre d'individus sur terre (prenons déjà le nombre de réfugiés décédés qui est impossible à déterminer et qui n'intéresse personne).

L'inaction du gouvernement implique que la bactérie se propage de manière indéterminée.

Le tapage médiatique pour faire peur à la population est énorme.

Or, le Covid 19 se soigne facilement.

Ce ne sera qu'après 3 mois que les gouvernements vont pouvoir agir face à la panique.

Nous comptons jusque 50 % de hausse de gens infectés par jour.

Mais la gravité du virus est exagérée par les États et par le tapage médiatique. Le vaccin AstraZeneca tuera de nombreuses personnes.

De plus, les mesures sociales (les restos du cœur) pour les pauvres ont été stoppées net en 2020.

Les pauvres n'ont donc pas recours à l'alimentation pendant la crise économique qui est camouflée en crise de santé.

La gestion du Coronavirus en France et en Europe fait apparaître deux réalités, dont celle de la nation.

L'État-nation est la seule à pouvoir vous protéger.

Prenons l'exemple de la Chine, qui a su neutraliser la crise sanitaire en trois mois.

Mais par qui est gouvernée la nation ? Par les élites qui détiennent l'argent sans aucun doute.

Nous constatons dès lors que l'Europe est considérée comme une chimère par rapport aux nations.

Les stratégies des dirigeants affirment qu'ils n'ont aucun plan pour rassurer et protéger leur nation.

La solidarité européenne apparaît dès lors comme un mythe, c'est la seconde constatation.

La solidarité européenne n'existe pas.

L'Allemagne a bloqué l'export des masques vers la Suisse.

De plus, la plupart des pays ont fermé les frontières, ainsi que l'Allemagne qui l'a fait par rapport à la France.

L'idéologie de la libre circulation des capitaux, des individus, et des biens n'est plus d'actualité.

Il en va de même avec la solidarité européenne.

Qu'en est-il de la vérité qui se cache derrière le virus ?

Comme vous le verrez, la vérité est loin d'être étrangère à la France.

Nous parlons ici de l'invention du virus Corona.

Cette invention passe par un brevet.

Il s'agit du BREVET EP 1 694 829 B1 (BREVET européen d'invention déposé par les Français avec un numéro matricule international).

Virus créé en 2003 par un laboratoire français secret à Hannoy (Vietnam) qui appartient à la France – monsieur Lévi, immunologue, marié à madame Buzyn (ancienne ministre de Santé en France).

Le lien entre le gouvernement français et l'invention du Coronavirus est clair et criminel.

Emmanuel Macron est principalement responsable de la mort des milliers de personnes dans le monde.

Le vaccin du SIDA est également connu malgré ce qu'affirment les autorités.

Des particules de cette maladie se retrouvent dans le Covid 19.

Le message est clair. Je vous laisse deviner à qui profite le crime.

L'antidote appartient actuellement à l'Institut Pasteur. Et c'est ce qui va clairement ressortir dans quelque temps.

Les déclarations de madame Buzyn ne peuvent être une vengeance mais une triste réalité de sa lucidité.

Elle déclare avoir alerté le président le 11 janvier 2020 sur le crime territorial.

Elle était au milieu du plan machiavélique.

Il s'agit ici d'un scandale d'État qui, hélas ! commence par la France.

Il s'avère ici que cette crise sanitaire est une crise criminelle.

Et qu'il est très clair que les médias manipulent les fausses informations.

Les médias sont également payés pour faire peur à la population, en passant de la Belgique à la Hollande et au monde entier.

Mettre la faute sur les politiciens plutôt que sur les scientifiques est ce qui se révèle comme clairement probable aujourd'hui.

Ce ne sont pas les politiciens qui doivent réprimer les scientifiques mais le contraire.

Les scientifiques tenteront de gagner la guerre politique.

Nous sommes à la recherche d'un semblant d'unité nationale.

Madame Buzyn, après avoir alerté le monde du scandale politique, est jugée, alors que c'est une des seules qui dit la vérité.

Est-ce un soulagement de conscience ? En tous les cas, ce n'est pas Emmanuel Macron qui se sent coupable du dérapage.

Nous parlons en ce moment de commission d'enquête, ce qui est le signal d'alarme du scandale politique à travers les yeux des Français.

La confiance de la population est rompue. La vérité ne peut plus être cachée.

La France est soumise à une succession de risques du fait de l'absence des frontières.

Que ce soit sécurisé militaire, sécuritaire ou terroriste. La France doit baisser la face face au virus.

Maintenant en première ligne apparaissent les infirmiers, les médecins, les urgences, les scientifiques, qui eux font directement face au problème.

Selon certains experts, le débat des frontières au niveau du virus est un débat périmé.

Le vaccin (qui existe déjà) serait la solution.

Pensez-vous vraiment que les Macrons iraient au théâtre en pleine pandémie s'ils n'étaient pas vaccinés ?

La réponse est claire.

Si le gouvernement met en œuvre des mesures, là va s'instaurer un début de confiance égratigné ou même poignardé par les déchirures.

De quoi sera constitué le nouveau projet de loi ?

La question reste à suivre…

Mais est prévu un système communiste qui mettrait les pauvres et les riches au même niveau.

Si ce sont les assurances vie qui sont saisies en France par manque d'argent, comme ce qui stipulé aujourd'hui mais pas encore décidé, le scandale sera total et inadmissible.

L'affaire n'est pas juridique mais politique, économique et criminelle de grande envergure.

Une chose est certaine c'est que la démocratie est devenue dictature en France et il n'y a plus moyen de lancer des paillettes dans les yeux des Français.

Le confinement s'avère obligatoire pour la plus grande partie de la population de 2020 à 2021 et s'achèvera avec le lancement d'une politique de vaccination crédule.

Le Covid-19 provoque aussi des dégâts chez les gens les plus précaires, c'est-à-dire les SDF.

Il semblerait que la France ainsi que la Belgique établissent des lois pour mettre les sans domicile fixe à l'abri.

Les fonds d'indemnisation sont en cours pour les personnes qui touchent un salaire partiel ou qui manquent de chiffre d'affaire au niveau des indépendants.

Les mesures prises par l'Europe sont donc prises pour indemniser un minimum les citoyens.

Mais les lois faites à la va-vite ne semblent pas efficaces pour tous.

Le confinement pourrait être prolongé, ce qui gêne les interventions policières sur le territoire.

Le confinement en France et en Belgique n'est guère respecté partout.

Les assurances depuis le début de la crise font l'autruche.

Selon leur opinion, ce ne sont pas à elles de réagir.

Le cas d'épidémie n'étant pas homologué dans l'établissement des contrats.

La même chose se passe avec le système bancaire.

Selon l'État, tout ce qui est exécuté est dans le but de protéger les citoyens.

Or nous le savons, c'est ce système social qui va nuire au système économique.

La crise sanitaire n'ayant pas été anticipée, malgré le complot bactériologique.

L'état d'urgence sanitaire, ayant été déclaré à l'échelle mondiale aveuglant la lucidité sur le complot, éclatera en 2021.

Le confinement en France provoque un manque de civisme qui s'avère être une triste réalité du gouvernement défaillant à la base depuis la colère des gilets jaunes.

L'Europe est dépassée par leur défaillance au niveau du soutien sanitaire et est considérée comme le principal foyer de contamination qui confirme des décès tous les jours en grande quantité, surtout en Italie et en France.

Le scandale de l'élimination de la chloroquine par Emmanuel Macron sera la preuve de son inculpation dans ce dossier.

L'inefficacité et la culpabilité du gouvernement au niveau de la santé ont été à ce jour clairement prouvées.

La question du complot est analysée sur plusieurs territoires et est médiatisée mondialement.

Elle atteindra son apogée en mars 2021.

Effectivement, il est suggéré que le danger du Coronavirus a été minimisé en France.

Cela suggère déjà une défaillance politique qui conduit à une thèse du complot.

Selon la théorie de l'invention du Coronavirus en 2003, nous savons que le Coronavirus de 2020 est une nouvelle bactérie que les anticorps doivent nouvellement combattre.

Nous prenons donc en compte qu'il s'agit ici d'une nouvelle version de virus.

Créé par l'homme ? Telle est la grande question actuelle. La théorie du pangolin ressemble à un mauvais film de science-fiction.

Cela pourrait s'avérer réel que cette thèse soit apparue aux États-Unis ou en Chine.

La thèse des États-Unis est probable pour abattre une économie telle que la Chine, première nation en export mondial.

Mais le président Donald Trump n'était pas au courant.

Nous soupçonnons les grandes fortunes mondialistes de tirer les ficelles de cette grande arnaque mondiale.

Nous pensons au danger des armes chimiques déjà utilisées dans leurs batailles du passé.

Sachant que les mesures se durcissent à cause des médias qui tournent en boucle sur le non-respect du confinement.

Sachant que les médias sont manipulés par les élites. Le gouvernement peut tourner sur le mensonge de la prévention nationale par le vaccin dans le but de reprendre une activité économique.

Ce qui en Europe est invérifiable et qui sera révélé dangereux selon le type de vaccins.

Les décès engendrés en Allemagne ne sont pas déclarés comme des malades du Coronavirus, ce qui fausse les statistiques.

Ce n'est pas la bonne attitude de fausser les statistiques, critique faite à Angela Merkel.

Le personnel soignant n'est pas assez valorisé dans les hôpitaux.

Les cas atypiques de Coronavirus sont repris par les médecins ce qui engendre un conflit du cadre des médecins en France avec le ministère de la Santé.

Les médecins ont reconnu le plus grand scandale sanitaire survenu depuis des siècles, engendré et perpétué consciemment depuis la déclaration de l'ex-ministre, madame Buzyn.

Madame Buzyn a en effet déclaré qu'elle était au courant de la crise prochaine du Coronavirus et n'a rien fait pour la stopper.

Inadmissible diront les Français qui attaqueront le gouvernement.

L'industrie automobile est en chute libre partout en Europe contrairement à l'industrie Amazon qui est en plein essor.

Amazon a tout de même augmenté les salaires de leurs employés de 2 €, ce qui n'est pas inestimable.

À Nice, la fermeture de la promenade des Anglais a été engendrée dans le but de respecter le confinement.

8,3 % de décès en Italie à cause de l'impossibilité de la prise en charge des cas contaminés par le virus.

Le personnel hospitalier le reporte sans pouvoir gérer le problème de manière efficace.

Selon les critiques et les scientifiques, la crise est ingérable et supportée par aucun moyen humain efficace.

L'OMS dit textuellement que la situation est en train de flamber. Mais le gouvernement Macron a consciemment nié la situation.

Les marchés alimentaires sont actuellement toujours ouverts, mais vu l'impact indécent en masse de la population, risquent la fermeture.

Le médicament anti-paludisme est le médicament actuellement efficace contre la Covid-2019.

Le virus a été créé par les humains pour détruire les humains.

Il n'y a pas à dire, les frontières européennes sont sous haute tension.

Pendant ce temps, le trafic de Netflix est diminué pour donner priorité au réseau Internet européen.

La puissance de la 4G se révèle trop faible.

Est-ce que les espaces de liberté des réseaux sociaux sont contrôlés ?

De manière drastique au niveau du politiquement correct.

La logique imparable est que notre situation d'expression doit être contrôlée.

Mais il est clair que cela implique que tout membre politique doit lui-même se contrôler.

Ceci serait la solution implacable.

Et cela n'impacterait pas la liberté d'expression, qui elle est indispensable à notre survie et à notre épanouissement et à notre bien-être. La révolution des cerveaux est en cours.

La recommandation faite par le conseil scientifique est 6 semaines de confinement à partir de mars 2020.

Elle se prolongera jusqu'en juin 2021 à temps partiel.

Le gouvernement prévoit une série de désistement massif comme en Corée.

Le professeur Raoult, l'infectiologue marseillais, est en conflit avec le gouvernement car sa méthode de prescription à la chloroquine n'est pas prise au sérieux alors qu'elle a fait ses preuves chez plusieurs patients traités à travers le monde.

Il se retrouve être malgré lui le héros sanitaire.

L'industrie de fabrication se plaint du manque de matériel que la technologie n'est actuellement pas capable de concevoir à cause de décisions intellectuelles incompétentes.

Il s'agit ici d'un problème stratégique, comme le manque de confection de masques, de respirateurs et de gel hydroalcoolique.

Le manque de matériel sanitaire est donc clairement impacté par la politique inefficace en France et au niveau mondial.

Le bousculement économique impacte le droit économique depuis 1958.

Il s'y rajoute de mesures économiques pour les entreprises et le SMIC en France.

La précarité salariale est mondialement inquiétante.

Le milieu carcéral pour les prisonniers est naturellement prolongé pour garder les mesures de confinement.

Le bilan en Afrique ne cesse de s'aggraver mais la presse mondiale en parle moins mettant priorité sur l'impact du Coronavirus en Europe, en Asie et aux États-Unis.

Étouffer les morts a toujours été leur priorité.

Le confinement est actuellement aussi une crise sociale qui est mal gérée, le gouvernement ne mettant pas assez de moyens à l'activation du dépistage en masse.

Or, il s'avère que le dépistage massif est une vaste mascarade dans le but de vacciner en masse.

En 2015, Emmanuel Macron était déjà ministre de l'Économie.

En 2017, il se préparait à se présenter aux élections présidentielles.

Son profil est très technocratique.

Dans un article de 2011 qui stipule que la démocratie et les élections ne sont pas utiles, il démontre déjà sa mentalité anti-démocratie.

En tant qu'homme nouveau, il a utilisé d'anciens réseaux pour construire sa popularité présidentielle.

Il séduit des personnes plus anciennes étant donné son bagage culturel pour arriver à ses fins.

Sa stratégie est de manipuler des plus anciens et d'utiliser des plus jeunes qui sont malléables en exécution.

Il a utilisé les réseaux transversaux entre droite et gauche pour régner.

Vu l'écrasement du jeu politique, il a récupéré les différents réseaux politiques très divergents pour gagner et imposer sa popularité.

Emmanuel Macron a utilisé tous les réseaux politiques et économiques de la droite, ancienne et nouvelle.

Sa stratégie était d'alléger la concurrence dans plusieurs domaines.

Il a investi méthodiquement plusieurs lieux de pouvoir, dans le dos du parti socialiste majoritaire.

Un des réseaux est le réseau DSK très proche du parti socialiste, qui interagir notamment en Afrique.

La séparation idéologique des pouvoirs se transforme en alliance de bourgeoisie, ce qui annule les divergences entre la gauche et la droite.

Cette enquête a été menée par Marc Endeweld dans le livre *Macron, le Grand Manipulateur. Les réseaux secrets de Macron*. Malgré son réseau analytiquement travaillé, le juge de la paix de la pratique de la politique reste le peuple.

Sans compter le nombre d'ennemis que Emmanuel Macron a accumulé et essentiellement utilisé pour arriver à un pouvoir qui ne peut satisfaire en même temps la gauche et la droite.

Il est reconnu en tant que violenteur fasciste par certains intellectuels.

Le fascisme étant tout de même reconnu comme un régime totalitaire totalement opposé à la démocratie.

La macronie conduit donc à l'effondrement en 2020.

On le soupçonne aussi de manipuler par le sexe.

Il devient la risée du monde.

La macronie instaure un rapport à une pratique politique qui s'effondre.

Son pouvoir symbolique est théorique et non applicable dans la réalité.

Son mépris politique est dû à son adhésion à un système intellectuel éducatif.

Pour lui, ce qui compte est être le plus brillant et le plus performant.

Ce système éducatif a ses limites sur le plan pratique.

Nous payons un réseau de propagande inefficace et dangereux.

Les réseaux secrets de Macron sont les grandes fortunes de France, son pouvoir se limite donc à ça et à ses techniques de manipulation.

Une démocratie libérale sans liberté de penser ou de s'exprimer empêche le peuple de comprendre et de voir la vérité.

Or, la vérité a éclaté au grand jour.

L'explosion des arguments qui provient des conséquences de la mauvaise gestion politique est maintenant révélée aux yeux de tous.

Emmanuel Macron brûle du capital d'État pour le capital public, notamment au sein de l'Union européenne.

On ne parle maintenant plus d'intérêts communs mais médiatiques politiques personnels.

La capacité d'investigation et l'intelligence de certains journalistes nous apportent une critique du bilan indispensable au bon fonctionnement de la société.

Cependant, la précarisation des journalistes est réelle et impacte le milieu de la liberté.

Les médias sont maintenant payés par les grandes fortunes et ne sont plus neutres.

Pourquoi avoir supprimé les satyres tels que les Guignols ? Ou le zapping ? Pourquoi avoir tenté d'éliminer Charlie Hebdo ?

Les ennemis de la presse font constamment des réductions de coûts pour les empêcher d'agir.

L'argent devient leur faux ami.

Cette corruption est essentiellement créée pour censurer la puissance corrosive de l'humour.

L'étouffoir est créé.

La violence apparaît de l'étouffoir.

Le mouvement des gilets jaunes a eu le pouvoir d'influencer la politique juste du pays.

Le mépris étant le fonctionnement politique de Macron, cela implique un peuple désuni, précaire et mécontent.

Le 26 mai 2020, un nouveau décret a été publié pour délivrer la chloroquine sur ordonnance aux patients infectés du Coronavirus en France, après que plusieurs pays aient suivi le protocole même sans accord validé.

Le professeur Raoult a un grand rôle à jouer dans la lutte contre la pandémie.

Selon les experts, un Nouveau Monde est en train d'émerger et changera le phénomène de mondialisation actuel.

Nous craignons la dictature déguisée en communisme.

Les jeux de pouvoir vont être désamorcés et nous allons nous rendre compte que Emmanuel Macron, malgré son esprit calculateur, sera désarçonné car il sera incapable de gérer la crise du Coronavirus.

Ils espèrent aussi falsifier ses futures élections en 2024.

Cette crise sanitaire est une médecine de guerre jamais vue auparavant et à laquelle les médecins et le personnel hospitalier n'étaient pas préparés.

Selon le médecin Lucie Wetchoko, la crise sanitaire actuelle est une défense de l'immunité qui s'impose par rapport à l'histamine.

Elle stipule que les personnes qui ont trop d'histamine ont une immunité qui est déviée vers la fabrication d'anticorps qui en cas de contact viral implique un retard de défense.

Elle a soigné à travers la crise ses patients par l'Artemisia étant donné que cette substance active qui provient de Chine est efficace contre le paludisme, similaire à l'infection diagnostiquée du Coronavirus qui a des sources parasitiques tropicales.

Cette substance active a été récompensée par un prix Nobel de médecine.

Elle est l'une des médecins à préconiser ce traitement naturel contre le Coronavirus et est devenue populaire grâce à la distribution de son traitement.

Kyriakoula Georgiades, la psychothérapeute et conférencière en neurosciences (auteure du *6e sens : Le chakra du 3e œil*) se joindra à elle pour sauver les patients du stress et de la dépression pendant la crise sanitaire.

Il est clair que comme annoncé par le docteur Raoult, le Coronavirus est une infection virale tropicale qui doit être soignée par la chloroquine.

L'État français et l'État belge auront pris ces mesures trop tard, ce qui aura impacté de manière drastique la mortalité sur le territoire.

Cet impact aura été mondial malheureusement car les mesures prises ont été imprudentes et surtout inefficaces dans plusieurs pays.

En 2021, les patients seront beaucoup plus touchés par le stress et la dépression que par l'impact de le Covid-19 non soignée.

Un plan massif est prévu pour l'hôpital public au niveau budgétaire par l'épidémie du Coronavirus.

Nous sommes conscients que l'afflux de personnes infectées en même temps cause, comme en Italie, une pénurie de places à l'hôpital public et que seul le confinement permet de stopper la mort en masse.

En tous les cas, en début de pandémie. Selon la médecine, le choix de prendre le traitement contre le Coronavirus doit rester un choix et non une restriction.

Or cette liberté nous a été refusée.

La population à risque doit être capable de prendre cette médication.

Ne pas donner l'opportunité aux personnes à risque de prendre le traitement est une action criminelle.

L'hôpital public a été détruit par l'inaction du gouvernement juste avant l'apparition des symptômes du Coronavirus.

Maintenant, le plan financier doit s'avérer concret et les moyens doivent être débloqués massivement en période de crise pandémique.

Le personnel tombant malade doit être lui aussi être placé en confinement.

Il semble que le drame du Coronavirus engendre le déblocage imprévu du budget sanitaire du gouvernement.

La rupture des médicaments est réelle aussi dans le milieu hospitalier.

Les stocks de médicaments sont limités et rationnés, ce qui engendre une sous-protection sanitaire du personnel hospitalier.

Le logiciel comptable au niveau de la santé est inadmissible.

L'investissement massif à l'égard du monde médical n'est pas pris au sérieux ni par les médias, ni par le peuple, ni par le monde médical étant donné que l'urgence médicale n'a pas été écoutée.

Le monde de l'agriculture est lui aussi victime de la fermeture des marchés d'après la réglementation de sécurisation prise en mesure.

Cependant, il n'y a pas de pénurie alimentaire et les agriculteurs travaillent même en temps de guerre sanitaire, ce qui est important pour soutenir l'alimentation.

La décision de fermeture des marchés empêche cependant la propagation irrationnelle du virus.

Il n'y aura pas de rupture du secteur agroalimentaire.

En France, au 27 mars 2020, la mortalité a augmenté de 30 % en quelques jours.

Le respect du confinement dans les banlieues n'a pas été respecté.

Le nombre de décès en Serbie reste bas.

Le gouvernement serbe a cherché de l'aide en Europe mais n'a reçu aucune aide.

L'Europe est d'une inutilité accablante dans le dossier du Coronavirus.

Plus de 225 000 procès-verbaux établis en France pour le non-respect du confinement.

Selon les États-Unis, le débat est que les retraités doivent se sacrifier pour sauver l'économie américaine.

Il va sans dire que ce débat ridicule choque l'Europe.

La chaîne de solidarité qui touche les hôpitaux reste particulière et montre sa reconnaissance au front.

L'après-confinement annonce des mesures dictatoriales.

Êtes-vous un dictateur ou juste un leader politique en mal d'autorité ? Pour vous, la crise du Coronavirus peut constituer une aubaine, une chance unique de consolider votre pouvoir. Qu'attendez-vous donc ? De l'Égypte à la Hongrie en passant par la Turquie, les hommes forts partent à l'attaque.

« Le bon despote sait tout, il n'est jamais à court de solution géniale pour contrer l'épidémie, et puis qui osera le contredire de toute façon ? »

Le président de la Tanzanie ordonne que les églises restent ouvertes parce que le virus ne peut pas survivre dans le corps du Christ.

Les absurdités s'accumulent face à cette crise sanitaire. Le président du Belarus conseille à ses ministres d'aller suer un bon coup dans un sauna parce que le virus meurt à une température de 60°.

Le président de la Turquie génère la guerre en méditerranée.

Emporté par l'enthousiasme, le président du Belarus présente même la conduite d'un tracteur comme une thérapie utile.

Au Turkménistan, le président décrète que l'épidémie n'existe pas chez lui.

Officiellement, le pays ne recense pas un seul malade, mieux, le vilain mot Coronavirus est banni du vocabulaire.

Il a été retiré des brochures médicales distribuées dans les écoles, les journalistes n'ont plus le droit de l'utiliser. En ville, des policiers en civil circulent pour arrêter les inconscients qui s'obstinent à parler du virus ou pire qui osent porter un masque.

Mais ici en Europe que se passe-t-il ?

Mise à part la Hollande où il existe une liberté de ne pas porter le masque de manière uniforme, une liberté de droits humains, les autres pays, qui ne sont en général pas que les pays du Nord, obligent les individus à porter le masque même dans la rue.

La Hollande va continuer à se battre contre la dictature sanitaire.

Le cerveau est privé d'oxygène et la loi d'expression est bafouée.

Le masque s'avère inutile.

La politique française et la politique belge suivent l'aberration du système.

La recette de la soumission du peuple soumis.

En France, il y avait trop de crèves la rue et de révolutionnaires. D'après Emmanuel Macron, il fallait étouffer le veau avant qu'il ne s'échappe.

« Masquer la bouche est le symbole de fermer sa gueule. »

L'après-confinement n'a-t-il pas dépassé l'entendement ?

Les vagues de confinement qui surviennent l'une après l'autre ne sont-elles pas la preuve du passage à vide de la démocratie ?

De toute manière, le sage a trouvé un remède miracle pour lutter contre la maladie, contre toutes les maladies. S'enfermer chez lui.

En dictature, il suffit d'inhaler la fumée dégagée par la combustion des feuilles d'aromale, une plante médicinale, et renforcer l'immunité avec de la vitamine D.

Or il s'avère véridique que l'Artemisia, qui est une plante, est un remède pro actif et réactif à le Covid-19, mais personne n'ose en parler. Ceux qui le savent, savent aussi que cette plante n'est plus vendue sur Internet.

Elle désagrège les effets de maladie du cancer et soigne l'Afrique.

Sous ses allures un peu brutales, le président du Turkménistan est un cœur tendre, et dit-on, un fan des plantes aromatiques et de la médecine douce.

Or, il s'avère exact que l'immunité donne la place à la guérison.

Ainsi que les huiles essentielles correctement utilisées.

Selon la médecine chinoise, toute maladie peut être soignée par les plantes.

Nous savons maintenant que les huiles essentielles, que l'immunité collective, ainsi que l'Artemisia qui est une plante, sont les remèdes efficaces à le Covid-19 qui est à la base une maladie tropicale.

Place au naturel ! Au monde des plantes.

À bas les artifices ! Vive la Hollande où les masques n'existent pas, où l'immunité collective a été déclenchée !

Combien de temps encore la Hollande restera libre ?

Place à l'immunité collective, et non pas à la dictature, la dictature d'expression, aux masques dans la rue, aux bars et aux restaurants qui sont fermés à vingt-trois heures.

Place à la liberté d'action ! Place à la liberté d'action !

« Peuple, ne vous effacez pas ! Luttez contre la propagande politique ! »

L'ancien maire de Chicago, Rahm Emanuel a déjà dit qu'une crise grave constitue une occasion à ne pas manquer pour instaurer la dictature.

Ramenons Donald Trump au pouvoir, lui qui a sauvé des enfants d'un immense trafic pédophile.

Non, vous n'êtes pas fous ! La politique de l'injustice continue de sévir en parlant de complotisme.

Si c'est vrai dans une démocratie, c'est encore plus vrai dans un État autoritaire à la base, même qu'un peu partout, des dictateurs et des apprentis dictateurs comprennent le profit qu'ils peuvent tirer du Coronavirus pour imposer la dictature en temps réel.

La théorie du complot sera désamorcée en 2021.

L'épidémie isole les individus, elle paralyse l'opposition, elle cloisonne les individus chez eux et elle leur fait peur par les médias.

Les médias distillent la vérité. Nous savons de source sûre que les médias caricaturent.

N'est-ce pas le moment de frapper un coup dictatorial, au nom de l'intérêt général ?

En Hongrie, le Premier ministre Viktor Orbán s'est fait voter une loi des mesures d'urgence, taillée sur mesure.

Pour une durée illimitée, changer nos vies est maintenant inévitable.

Oui, mais comment changer la vie en imposant le masque, en bafouillant la liberté d'expression, la liberté d'action, en imposant le vaccin, ou en assassinant les retraités dans les maisons de retraite ?

Changer nos vies est maintenant inévitable.

Est-ce que le gouvernement veut vraiment soigner les retraités dans les maisons de retraite ? Est-ce que la mort des retraités dans la maison de retraite n'est pas pour eux source d'économie et source de renouvellement de la population ?

Nous savons qu'il n'a pas été normal que tous les retraités dans les maisons de retraite aient subi autant de frustration, et qu'il ait été annoncé autant de décès dus à le Covid-19, et que les individus n'avaient pas été soignés comme il le fallait, mais délaissés et laissés à leur propre dégénération.

Changer nos vies est maintenant inévitable ; « tout le monde doit quitter sa zone de confort », a prévenu le Premier ministre Viktor Orbán en Hongrie.

La loi promet jusqu'à cinq ans de prison pour la diffusion de fausses nouvelles.

Aux Philippines, le président Rodrigo Duterte a instauré un état de calamité de six mois, qui lui accorde des pouvoirs considérables, encore un moyen d'imposer la dictature, incluant ceux de vie et de mort sur ses concitoyens, semble-t-il.

Comme en Europe, là où on laisse mourir les retraités, en France et en Belgique notamment, le droit de vie et de mort sur les personnes âgées est-il acceptable et pourquoi a-t-il été validé ? Par qui a-t-il été validé ? Par qui a-t-il été imposé ?

Tout cela enclenchant une économie sur la population à partir d'un certain âge qui n'est plus utile à la politique.

Les retraités sont enfermés et dépérissent lâchement par la faute des États qui jugent la population mondiale en nombre croissant.

« Il faut agir », a décidé l'élite. Il faut contrôler ce qui est incontrôlable : le peuple qui s'éveille de plus en plus, la technologie qui contrôle l'humain, la pensée diversifiée, la guerre insuffisante à l'amoindrissement de la population, les vaccins et le puçage.

Il faut empêcher la liberté d'expression. « Il faut agir pendant qu'il est encore temps ».

Contrôler l'intelligence artificielle, faire progresser l'intelligence robotique. Contrôler l'enfance en imposant la dictature.

L'argent doit continuer à servir l'argent, la prostitution doit être le fléau de l'élite et la pédophilie, constituer le sang des riches et des pervers.

Les réseaux milliardaires contrôlent le monde.

Bill Gates impose la loi de l'argent. Son génie devient folie. Soros impose sa loi.

L'esprit nous dessert.

Donald Trump l'a compris : ils vont l'abattre en falsifiant les élections aux États-Unis.

Ils vont lui faire un procès pour l'éliminer.

Malgré ses défauts, il savait arrêter l'élite qui voulait contrôler les puissances mondiales. Bientôt, il n'aura plus rien à dire.

À Manille, après un petit rassemblement de gens qui réclamaient une aide alimentaire, Duterte a menacé d'abattre les fauteurs de troubles : « Je vais vous enterrer », a-t-il menacé.

Mais de quel droit ? De quel droit est-ce que la propagation du virus instaure une dictature ? De quel droit ? je vous le demande.

Les médias imposent la loi de la propagande politique.

Seul TV Liberté, le média libre francophone, luttera contre la propagande instaurée et ouvrira les yeux au peuple.

Mais le peuple s'essouffle et crie famine à travers le monde.

En Occident, l'industrie gastronomique a fermé et a clôturé le divertissement et mis à terre les indépendants.

Et gare à ceux qui défient le couvre-feu. En France, le couvre-feu pendant le confinement, et après le confinement génère de l'argent à travers des amendes, des amendes dans tout le territoire.

À Manille, ceux qui ont défié le couvre-feu ont été entassés dans des cages habituellement réservées aux petits animaux, à défaut de contracter le Covid-19, ils hériteront du mal de dos irrécupérable et de l'héritage de la maltraitance. Il est vrai que Rodrigo Duterte, président de Hongrie, constitue un phénomène à part, mais ce n'est pas le seul phénomène à part.

Nous avons détecté un accroissement de la dictature mondiale à travers le monde, à travers les pays pendant la pandémie.

À part Rodrigo Duterte, quel chef d'État aurait osé traiter Dieu de stupide, fils de pute, je vous le demande sous prétexte qu'il aurait laissé Adam manger la pomme que lui tendait Ève dans la genèse ? Qui d'autre, je vous le demande ?

Nous sommes à l'ère d'un gouvernement qui n'a pas su assumer ses responsabilités depuis le début, en infligeant la maladie de le Covid-19 procréée par le pangolin.

Nous le savons maintenant, cela a été maintes fois répété par les médias, le virus de le Covid-19 s'est échappé du laboratoire en Chine comme un autre virus six mois après qui s'est de nouveau échappé du laboratoire.

Nous vous le demandons, quel pourcentage de la population croirait que deux virus en six mois s'échappent du laboratoire pour contaminer le monde entier ? Nous vous le demandons à nouveau.

Est-ce que les Hollandais n'ont pas raison de l'immunité collective et de l'économie à laquelle il n'y aura aucun impact, contrairement aux autres pays de l'Europe ?

L'Italie ne progresse pas, la Grèce ne progresse pas : ces deux pays, déjà désavantagés du fait de leur économie faible, par leur tourisme qui a baissé, sont infligés par la crise économique.

L'Europe est pour eux une béquille de handicapés. Pendant ce temps, la France inflige la dictature. La Belgique pédale au niveau de l'économie. Et tous les pays de l'Europe sont affligés par la situation.

Combien de temps encore la Belgique conservatrice suivra la loi de la France dictatoriale ?

Aux besoins, il peut être avantageux de désigner un coupable, la tactique n'est pas nouvelle ; qui est le coupable ? Est-ce la Chine ? Est-ce le pangolin ? Ou est-ce la dictature ? Nous vous le demandons encore une fois.

La France cependant est dans le collimateur de la justice.

Dans l'Europe du quatorzième siècle, on accusait les juifs d'être à l'origine de la peste. Aujourd'hui, des cadres du parti communiste chinois prétendent que c'est l'armée américaine qui a répandu l'épidémie chez eux.

Or, nous le savons, l'épidémie et le virus de le Covid-19 se sont échappés du laboratoire en Chine, comme six mois après, un nouveau virus s'échappe de nouveau du laboratoire en Chine.

Est-ce une coïncidence ? Je vous le demande.

Car ne l'oubliez pas, la France a contrôlé le laboratoire chinois responsable de la fuite du virus.

Le peuple prend conscience qu'il est à la merci du totalitarisme le plus grotesque pour imposer le puçage à la population afin de la contrôler, elle et sa langue perfide.

Au Cambodge, c'est la faute des musulmans. En Russie, on pointe du doigt les jeunes snobs qui vont siroter du vin dans les stations de ski des Alpes françaises au lieu de boire de la vodka chez eux comme de bons patriotes. Du côté de l'Égypte, le président Abdel Fattah al-Sissi affirme sans rires qu'il gère l'épidémie en toute transparence.

Nous vous le demandons ici encore une fois, qui gère l'épidémie en toute transparence ? Aucun des membres des gouvernements mondiaux n'a géré l'épidémie en toute transparence.

Cette crise sanitaire a lié les langues et emprisonné les esprits libres.

Remarquez, ça n'empêche pas le président d'Égypte d'accuser les critiques d'être à la solde des frères musulmans, ses ennemis jurés et d'expulser un journaliste britannique qui osait remettre en cause les chiffres officiels de l'épidémie.

Répétez après moi : « Le pharaon est infaillible, les dieux sont infaillibles, les présidents, les ministres, le gouvernement, les dieux sont infaillibles. ».

Est-ce leur faute si une dictature a autant besoin d'une opposition qu'un sous-marin peut avoir besoin d'une porte patio ?

Jusqu'ici, le général d'Égypte, Al-Sissi, est resté sourd aux appels visant à libérer les quelque soixante mille prisonniers politiques du pays pour éviter qu'ils ne soient contaminés par le Coronavirus dans les prisons surpeuplées.

Mine de rien, on retrouve parfois vingt prisonniers dans une même cellule, sans fenêtre ni aération, sans pouvoir manger.

Il ne suffit pas de survivre la torture, il faut aussi échapper à la tuberculose, au VIH, à l'hépatite B, aux graves maladies de la peau.

En Égypte et en Turquie, c'est ce qu'on appelle l'horreur judiciaire.

Une gripette, cette épidémie doit-elle être considérée comme une petite gripette ? À plusieurs endroits, l'épidémie joue en faveur du pouvoir, impose la dictature du pouvoir. En Algérie, elle a mis fin à plusieurs mois de manifestations.

En France, la seule autorité est devenue la force militaire et la force policière.

Emmanuel Macron a éliminé la révolution et a fait subir le début du mondialisme.

En Pologne, elle donne un coup de main inespéré au président Duda du parti ultraconservateur droit et de justice. Avant le Coronavirus, la réélection de Duda s'annonçait difficile. Maintenant, l'avenir s'annonce pour lui prometteur.

La Turquie engendre la guerre en Méditerranée pour pouvoir accumuler des richesses de la Grèce, s’emparer des richesses de la Grèce, s’emparer des richesses de pétrole.

À cause du confinement, l’opposition ne fait plus campagne.

Macron va aider la Turquie. Quel est son avantage ? En tous les cas, la Grèce a besoin d’être soutenue, la Grèce a besoin d’être aidée. Elle n’a pas survécu à la crise économique imposée par l'Allemagne de manière drastique en 2019 dans le but de récupérer les ports et les îles grecques par l'influence du déficit budgétaire comme principal argument.

L'Italie et l'Espagne continueront à souffrir de la pression de la CEE à outrage aussi.

Mais nous le savons, la Grèce est un pays riche, et pas seulement grâce à son tourisme.

À cause du confinement, l’opposition ne fait plus campagne, tout le contraire du président qu’on voit tous les soirs à la télévision, impérial, rassurant, présidentiel, comme en France.

Naît de la manipulation ce que Macron essaye d’imposer dans son pays, nous le savons, il ne sera pas réélu étant donné les nombreuses erreurs du gouvernement.

Sauf votes falsifiés qu’il essaye d’imposer.

Un peu comme un match de hockey au cours duquel votre adversaire doit jouer sans gardien de but, les durs à cuire ne sont pourtant pas immunisés contre la crise.

À cet égard, le président brésilien Jair Bolsonaro constitue l'exemple à ne pas suivre : durant des semaines, le président a minimisé l'épidémie en comparant la maladie à une gripette. Est-ce une gripette ? Est-ce un symptôme qu'on ne sait pas guérir ?

Je dirais même plus, c'est une belle mascarade, affirmeront les scientifiques.

Non, nous l'avons vu, le docteur Raoult essaye d'alarmer la population en disant que c'est guérissable, que la peur n'a aucune raison d'être. Je suis désolé mais c'est la vie ; on ne peut pas arrêter une usine de voiture car il y a des morts sur la route chaque année, nous devons renforcer l'immunité nous devons déconfiner la population comme il se doit, nous nous devons de ne pas limiter la liberté d'expression et d'action, de ne pas imposer le vaccin aux plus immunisés, nous nous devons de renforcer l'économie car le gouvernement fait un travail raté en ce moment.

Le Brésil, pendant ce temps manque de respirateurs, de lits, d'équipements, de protection et de tests diagnostic comme la France, pendant la période de confinement. Mais le président n'a jamais vraiment pris la mesure du danger. Pire, il s'est opposé aux mesures de confinement décrétées par plusieurs autres États afin de ne pas nuire à l'activité économique.

Mais je vous le demande, est-ce que la crise n'a pas nui à l'activité économique ? Cette crise sanitaire a nui au monde entier, en commençant par la Chine et en terminant par la Suisse.

À Rio, ce sont parfois les groupes paramilitaires et les gangs criminels qui ont imposé la quarantaine pour protéger la population. Ces jours-ci, une caricature montre le président Bolsonaro en dinosaure, juste avant qu'un météorite ne tombe sur la planète pour provoquer la fin des grands reptiles.

Est-ce l'esprit reptilien ? Ou est-ce à nouveau la dictature sur l'esprit reptilien ?

Les reptiles sont des proies, les hommes devenus des hommes préhistoriques, et pendant ce temps, César s'écrit : « Gloire à César ».

Le monde d'après, à quoi ressemblera le monde après le Coronavirus, après le passage du totalitarisme, après le passage de cette pandémie qui a ravagé l'économie, qui a ravagé le monde, qui a impacté la liberté d'expression, qui a généré les décès des retraités, je vous le demande ?

Difficile à dire est la réponse.

Bon nombre de parlements sont suspendus, plusieurs libertés fondamentales sont altérées, un peu partout l'épidémie entraîne le déploiement de mesures de surveillance électronique sans précédent.

Nous en avons peu parlé, mais le déploiement des mesures de surveillance électronique arrive peu à peu dans le pays, l'argent cash disparaît, l'argent en espèces ne va bientôt plus exister. La joie des dictatures, ce seront donc ces mesures de surveillances électroniques partout dans le monde, comme des puces intégrées dans la peau pour que la surveillance ne soit que plus simple et plus facile. Comme des détenus, le monde sera une masse de détenus surveillés électroniquement par le gouvernement.

Avec un simple vaccin et sa puce intégrée.

La Chine se trouve ici à l'avant-garde, avant même la crise, le pays avait installé au moins 250 millions de caméras de surveillance sur son territoire, environ une pour six habitants, un record mondial qui s'agrandit à travers le monde ; toute personne qui sort de la gare de Pékin est immédiatement identifiée par une caméra, l'appareil mesure sa température corporelle, il suffit que celle-ci soit anormalement élevée pour que toute personne ayant voyagé dans le même compartiment de train en soit immédiatement informée par téléphone. Sur les réseaux sociaux, on parle de drone utilisé pour surveiller la quarantaine ; dès que quelqu'un tente de rompre le confinement, un drone volant s'approche de lui, et une voix automatique lui ordonne de regagner son domicile.

En Australie, c'est la même chose, mais combien d'argent ont touché les gouvernements pour imposer cette surveillance électronique ? Combien d'argent ont touché les gouvernements pour limiter la démocratie et pour cette atteinte à la dignité et à la privation des droits de l'homme, je vous le demande ?

En janvier 2020, si la Chine n'avait pas fait taire ceux qui tentaient de sonner l'alerte à propos de l'épidémie, peut-être que la crise aurait pu être évitée, mais ces gens-là ont été tout simplement assassinés. On ne le saura jamais, désormais pour les autorités chinoises, l'heure est à la reprise en main, mais quelle reprise en main ? Nous appelons ça le régime totalitaire.

Gare à ceux qui entre eux osaient critiquer la gestion de l'épidémie, ils risquent leur vie, ils pourraient subir effectivement le sort de l'ancien haut fonctionnaire arrêté en fin mars. Si au plus fort de l'épidémie, il s'était moqué du président chinois, Xi Jinping, en comparant sa gestion à celle d'un clown.

L'épidémie montre que le parti communiste ne défend que ses propres intérêts, tout comme l'administration. Quant au monarque Xi Jinping, il protège le pouvoir et le statut de sa clique. Apparemment, l'ancien fonctionnaire avait oublié une ancienne blague qui résume le parti communiste chinois.

À travers le monde, on sait qu'il est impossible pour un être humain de s'asseoir sur un hérisson, mais en Chine, on dit qu'il existe trois exceptions à cette règle : si on rase le hérisson, si on fait asseoir quelqu'un d'autre à sa place et finalement si le parti communiste chinois l'ordonne ; nous sommes le peuple et la seule population mondiale à pouvoir réfréner l'épidémie de la peur, l'épidémie du pouvoir et la résurrection à la communauté démocratique si nous imposons nos croyances, nos valeurs, et notre éthique et surtout si nous nous battons pour la liberté d'expression.

Est-ce que la Chine deviendra la première puissance mondiale à la suite de la trahison pandémique ?

Ou est-ce que les États-Unis avec l'aide de la Russie rétabliront la paix dans le monde avec un combat contre le diable ?

Les deux nations ont fait éclater la pédophilie à grande échelle et Vladimir Poutine se battra seul contre tous.

La guerre des masques a commencé.

La guerre des vaccins est en cours.

L'humanité sera sous l'emprise de l'esclavagisme à cause d'une fausse excuse pandémique.

Resteront lucides ceux qui auront l'esprit critique.

La révolution est en cours, ne L'arrêtez pas.

Nous ne pouvons pas vivre le communisme ou la dictature en 2021.

Nous devons vivre la liberté intellectuelle des cerveaux.

La liberté de l'humain, la liberté de la parole et de l'action.

Avec mes remerciements à monsieur Vladimir Poutine et monsieur Donald Trump pour leur combat à venir.

Imprimé en Allemagne
Achevé d'imprimer en mars 2021
Dépôt légal : mars 2021

Pour

Le Lys Bleu Éditions
83, Avenue d'Italie
75013 Paris